KB145804

금비나무 레코드가게

김해든

김해든

1967년 4월2일생
경기도 안산 거주
숭의여자대학교 미디어문예창작학과 졸업

Email : cdn05113@naver.com

인향문단 시선 015

김해든 창작시집
금비나무레코드가게

초판1쇄 인쇄 I 2021년 3월 15일
초판1쇄 발행 I 2021년 3월 15일
펴낸곳 I 도서출판 그림책
지은이 I 김해든(김인숙)
디자인 I 이정순 / 정해경
주 소 I 경기도 수원시 영통구 이의동 웰빙타운로 70
전 화 I 070-4105-8439
E - mail I khbang21@naver.com
표지디자인 I 토마토

금비나무 레코드가게

시집을 내며

어디만큼 온 것일까요.
이제 겨우 봄인가 봅니다.
기차를 타고 황지역에 가고 싶은 날입니다.
익숙한 골목이나 거리는 사라졌지만
그럼에도 여전히 있는 길을 걷는다면
행복할까요?

당신도 나도 낯선 사람처럼
지나칠지도 모르겠습니다만,
그 길에서 깊어지고 싶은 건
당신 때문일 것입니다.
추억을 의심해 보는 지점에서
시를 쓰기 시작했습니다.

아버지께
못 다한 체온을 묶었습니다.
잘 지내시지요?
아버지!

인향문단 시선 015
김해든 창작시집
금비나무레코드가게

등……………………11
풍경……………………12
혼자……………………14
중앙병원 1……………………16
중앙병원 2……………………19
무상리 가는 길……………………20
도루묵……………………23
소금목욕……………………24
추전……………………26
삐꾸기……………………27
고삐가 풀려……………………28
꽃은 피는데……………………31
고목……………………32
겨울밤……………………35
봄밤에……………………37
12월……………………38
초겨울……………………39
건널목에 서다……………………40
시월 스무날……………………42
봉숭아……………………44
황지역 1……………………46
황지역 2……………………49
길……………………50
붕어들……………………53
감자를 피하는 법……………………54

어떤 장소에 대한……………………55
광순이와 광덕이……………………56
쫄닥구뎅이 1……………………58
쫄닥구뎅이 2……………………59
문득……………………60
어느 날의 식탁……………………62
저녁에……………………64
트럭……………………66
떡밥……………………68
메주……………………70
영산홍, 영산홍……………………73
기일……………………75
돼지꿈……………………76
장미……………………78
복사꽃……………………81
하루 ……………………82
아들과 딸……………………83
살구……………………84
애도……………………87
덤……………………88
만근 이야기……………………89
핑크 딸과의 카톡……………………90
여름 ……………………92
겨울, 추전리 ……………………93
괜찮다 ……………………94

어디만큼 온 것일까요.
이제 겨우 봄 인가 봅니다.
기차를 타고 황지역에 가고 싶은 날입니다.
익숙한 골목이나 거리는 사라졌지만
그럼에도 여전히 있는 길을 걷는다면
행복할까요?

금비나무 레코드가게

등

굽은 소나무가 호박 넝쿨을 잡고 있다
굽은 것에도 기댈 곳이 있어
호박이 제 무게를 온통 맡기고
한 계절 견디고 있다
굽는다는 것은 얼마나
오랫동안 한 자세를 견딘 것일까
견딘다는 말은
또 얼마나 오래 참았다는 말일까
시간의 무게를 지고
서서히 오래 굽어 갔을 것이다

굽은 등으로 어둑하게 걸어오는
발자국 소리가
가을 밤 서늘하게 낙엽 쓸리는
소리에 섞여오면
불을 끄고 돌아눕는다
가끔 굽은 저 등에 기댄
내 무게를 가늠해 보는 밤이면
깊은 곳에서 돌풍이 인다

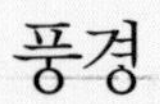

풍경

부딪혀 오던 빗방울들은
창에서 미끄러진다

미끄러진 이력을 안고
춘천 가는 길

내리막 길에서도
속력이 나지 않는다

혼자

간신히 타고 올라
피었다 나팔꽃

가는 줄기를 잡고
한 계절

벼랑 위에도
길이 있으면 좋겠어

머리 다 빠진 사람
벽을 등지고 앉은 새벽
앙상한 등뼈를 바라본다

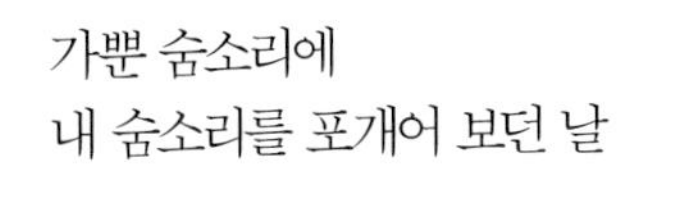

가쁜 숨소리에
내 숨소리를 포개어 보던 날

얼마큼 숨소리들이
포개어져야
목숨이 될 수 있을까

나팔꽃이 시들던
아침이 갔다

중앙병원 1

환자복을 입고 병실에 누운 아버지
깨끗한 이목구비가 처음으로
마음에 들었다

체온계의 수위가 올라갈수록
납작하게 누운 몸에서 탄 꽃이 핀다
꺼진 눈 터질 듯 팽창하는 고요를 뚫고
불쑥
헐렁한 소매 속에서 마른 팔이 허공을
휘젓다 떨어지곤 했다

공포에 질린 먹구름이 낮은 처마를
잠식했다
젖은 가계를 이고 어머니가
갈팡질팡 하는 사이
우리들은 석탄 더미에서 골라버린
돌멩이들과
골목을 굴러 다녔다

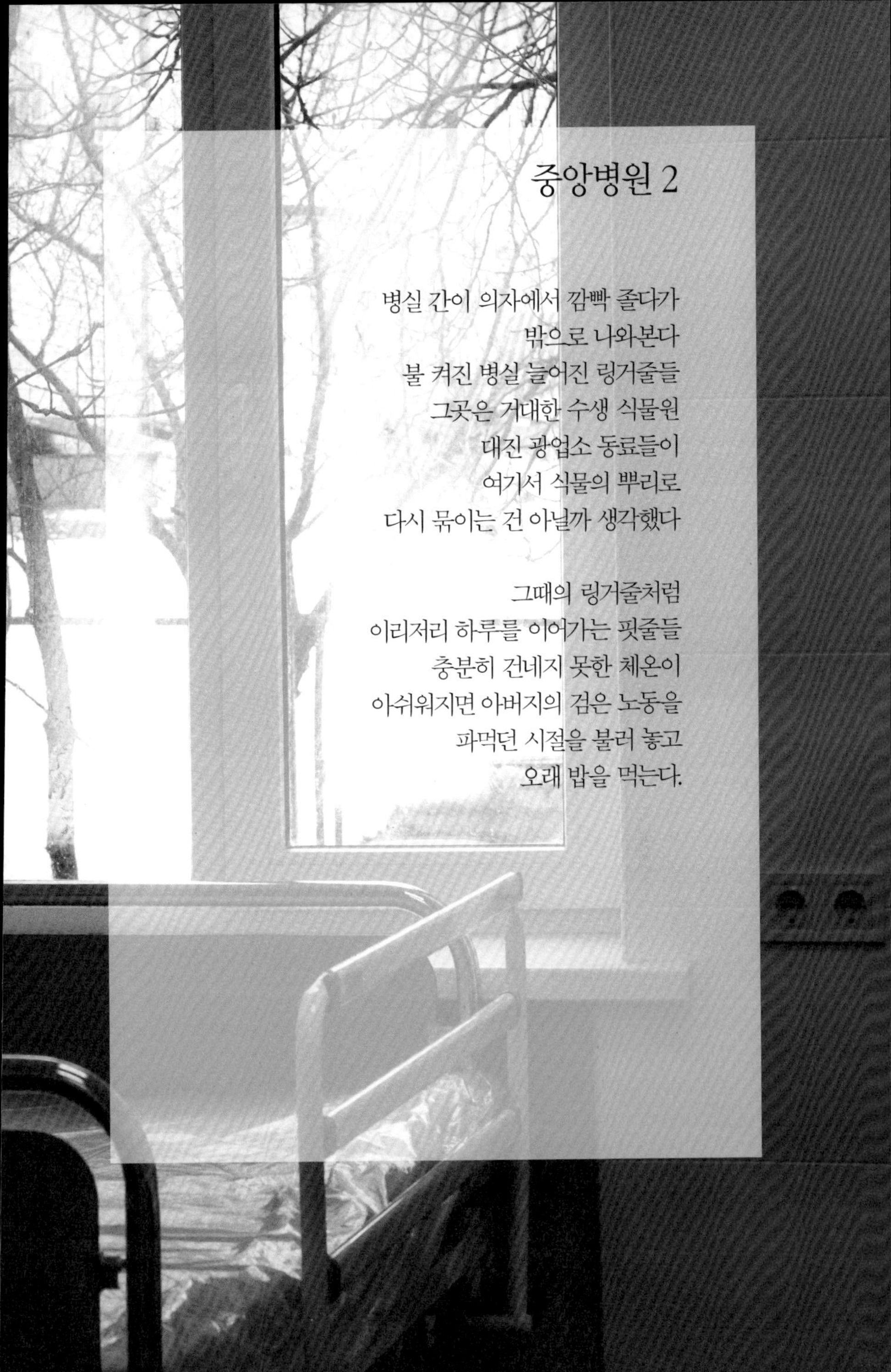

중앙병원 2

병실 간이 의자에서 깜빡 졸다가
밖으로 나와본다
불 켜진 병실 늘어진 링거줄들
그곳은 거대한 수생 식물원
대진 광업소 동료들이
여기서 식물의 뿌리로
다시 묶이는 건 아닐까 생각했다

그때의 링거줄처럼
이리저리 하루를 이어가는 핏줄들
충분히 건네지 못한 체온이
아쉬워지면 아버지의 검은 노동을
파먹던 시절을 불러 놓고
오래 밥을 먹는다.

무상리 가는 길

아마도 버스는 강가를 지나는 중인지
느닷없이 시야가 흐리다

어떤 사람들은 잠을 청하고
어떤 사람들은 창밖을 본다

버스가 모퉁이를 꺾어 돌 때는
다 같이 기울어져 흔들리다가
목적지에 닿으면 무심히 내린다

잠시 한 버스에 올라
같이 흔들렸을 뿐인데

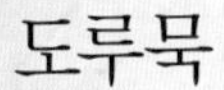

도루묵

지난 밤 천정을 찌르던 언성을 베고
눈 감고 누워있다

땡초 매운 맛에 눈물 쏟다가
등을 돌리고 어색하게 끓고 있다

갖은 양념 사이 뜨거운 불을 건너는 동안
살점 흩어지고 알만 남았다

도루묵은 도루묵

소금목욕

신경통을 앓던 아버지는
소금물 목욕을 즐겼다

그러던 그가 떠나고
어둠이 몰려오던 저녁
욕조에 물을 채운 후
소금을 쏟아 넣는다

낡은 욕조 안에서 소금은 눈을 감고
가라앉는다

아직 녹지 않는 소금을
쥐어 본다

아버지의 신경통은
지금쯤 사라졌을까

생전의 아버지는 속엣말을
하지 않았다
살갑지 못한 나도
선뜻 가지 못했다

아버지와 나의 오랜 침묵처럼
뭉쳐 있는 소금들은
제 무게를 감당하며
가라앉는다

추전

대진사택 자동 1호

이불 귀퉁이를 끌어당기던
냉기 가득한 방에서

나는 도시로 가는 꿈을 꾸었다

뻐꾸기

울음을 몸통으로 밀어 넣는 뻐꾸기
조등도 없이 누구를 보내는가

고삐가 풀려

말은 빠르다
발굽을 들어 올리고
내달린다
내달릴수록 속도가 붙어
소문을 일으킨다

말의 뒷발은 힘이 세다
방관하다 채이면 수습이 불가능하다

고삐가 풀린 말은 어디로든 날뛴다
자신을 짓밟아 버릴 때도 있다

간혹 독방에 가두어야 할 때도 있다
침묵을 지키며 되새김질을
해야 하니까

내가 방목한 말들이 푸른 초원 위를
유유히 걷고 있을 거라 생각하지 않는다

지금은 다만
가만히 누워
말의 갈기를 빗질하는 중이다

꽃은 피는데

할머니
창밖 좀 보세요
밤새
비 쏟아지더니
벚꽃이 활짝 핀 걸요

얘야
나는 시방 똥이 서 말인데
봄이 왔다고
세상은
꽃이 서 말이제

표정 잃은 할머니
창문을 닫으신다

고목

아버지가 주워 왔던 세간살이가
식구 되어 산다

고향을 떠나온 후
고물장수가 되었다

두고 온 어제를 리어카에 쌓는다

달이 뜬 밤이면 동네를 누볐다

손톱 밑에 연탄은 오래 자랐다

막걸리 한 잔에
강원도 아리랑을 쏟아냈다

밤늦은 귀가길
저만치 아버지의 뒷모습이 보이면
어둠을 빌어 몸을 숨겼다

원망은 철도 없이 웃자랐다

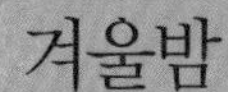

겨울밤

술심부름을 하던 밤
아버지가 잠시만이라도 술에 취해
잠들기를 어린 나는 간절했다
돼지 껍데기 안주를 드시던 광부 아버지

취하신 아버지가 부르시던 희망가는
문을 흔들고 나도 흔들었다

아랫목에 이불을 깔아드리고
그 옆에 등을 대고 누우면
아버지는 내 작은 등을
어미새처럼 부볐다

봄밤에

매화꽃 지는 밤이었네
불 꺼진 창 밑에서
야릇한 괴성을 내는 고양이
가만 창에 몸을 붙이고 듣네

비밀은 비밀이 되지 못하네
창문을 조금 열고 보네

얼룩 고양이가 꼬리를 치네
꼬리를 따라 빙빙 도네
내 꼬리에
슬며시 손을 대보는 밤

잠은 점점 멀어지고
가까워지는

길냥이의 콜링

12월

냉기가 등에 스미는 밤
뜨개질을 한다
실에도 체온이 있던가
손이 닿자
팽팽했던 긴장을 풀고
부드러워진다
실을 잡은 내 손도 더워진다
실들은 코를 엮어
사슬을 만든다
코바늘이 움직일 때 마다
만들어지는 사슬
그 위에 겹쳐 오던
기차바퀴 소리들

애써 손을 흔들며 보낸
겨울 추전 간이역

초겨울

모과를 썬다
튕겨져 가는 모과를 주워 담으며
길게 눈을 흘긴다
채쳐진 모과도 내 눈길을 피하듯
흑설탕 속으로 몸을 숨긴다
어두워져 간다

야근 끝나고 돌아와 오한에 떨던 날
모과차를 끓인다

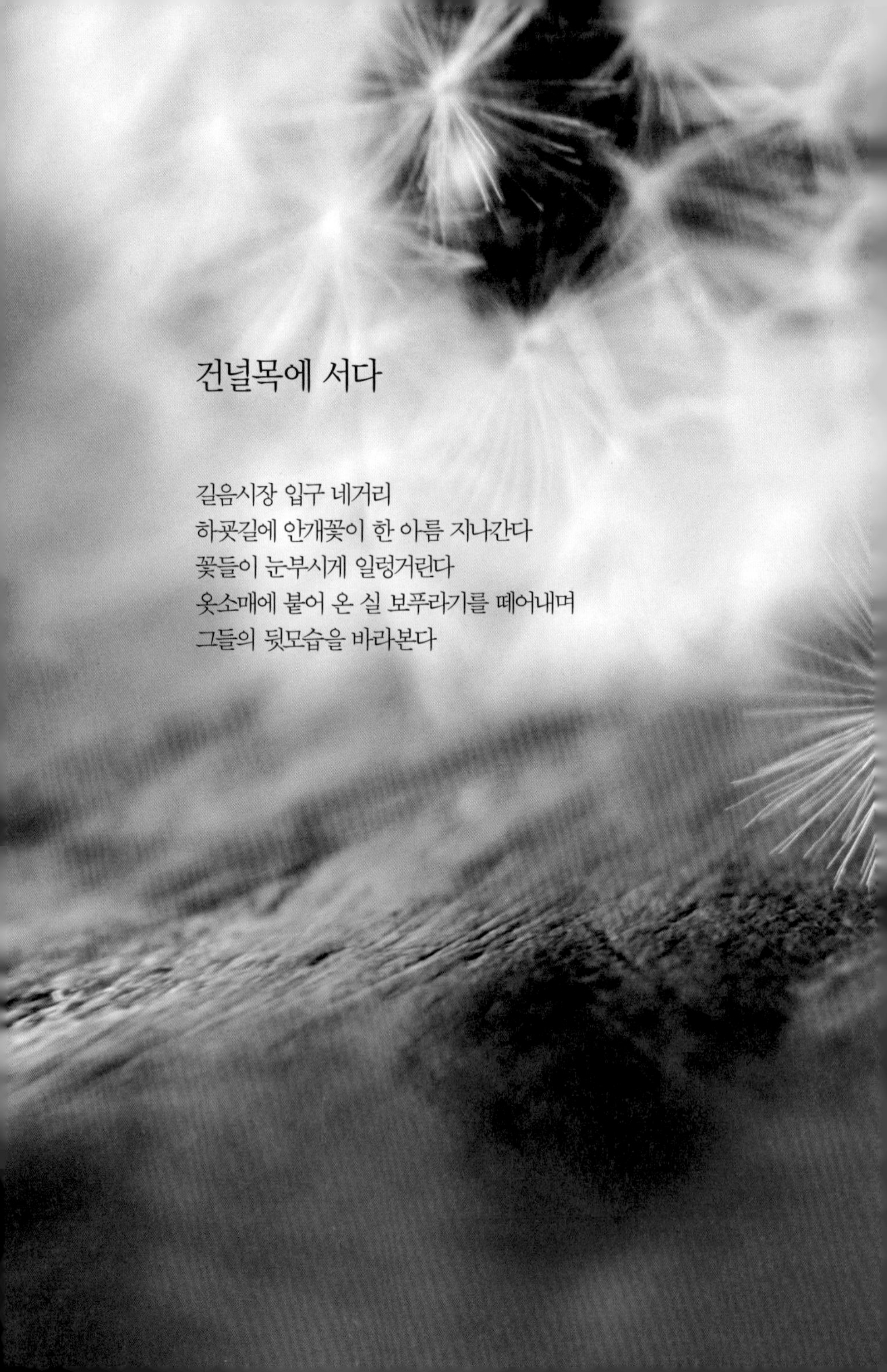

건널목에 서다

길음시장 입구 네거리
하굣길에 안개꽃이 한 아름 지나간다
꽃들이 눈부시게 일렁거린다
옷소매에 붙어 온 실 보푸라기를 떼어내며
그들의 뒷모습을 바라본다

시월 스무날

아버지 묻고 내려오는 길
떡갈나무 잎이 황갈색으로 물들었다

마루 끝에
미처 태우지 못한 모자가 걸려 있다

마당가엔 검둥이가
늘어지게 낮잠을 자고

아버지처럼 밥을
고봉으로 담는다

잠에서 깬 검둥이
내 눈을 바라본다

봉숭아

103호 할머니가 화단에서
잡초를 뽑고 있다

잡초가 뽑혀 나간 자리에 생긴 구덩이
한 떼의 개미들이 흩어진다

서로의 등을 밟고 간다
소름 돋는 사지를 떨며 간다

선홍 빛 봉숭아가 활짝 피었다

황지역 1

부산행 밤 기차는 더디고
12월의 바람은 몰려온다

떨려오는 몸을 가누며
목도리를 한 겹 더 돌려 매는데
급하게 달려오신 아버지
몰아쉬는 숨소리를 외면한다
시선을 피하며 구석자리로 옮겨 앉는데
삶은 달걀 손에 쥐어 주신다

다시는 이곳으로 돌아오지 않겠다고
혼자 하는 약속

밥 잘 먹어라
객지에서 굶으면 더 섧다

이해하고 싶지 않은 말들이
좁은 역사 안에 고였다

아버지의 모습이 보이지 않자
주머니에 달걀 두 개
가만히 손을 대본다

황지역 2

아버지가 삶은 달걀 손에 쥐어 주었다
남아 있는 온기에 기대며
기차를 기다리는 척 서성거렸다

돌아서 가는 아버지가 곁으로 보이고

기차가 서서히 출발을 하자
차창밖에 다시 모습을 보인 아버지가
손을 흔들었다

기차가 모퉁이를 돌아서고
아버지가 보이지 않을 때 나는
주머니에 달걀을 움켜쥐었다

길

객지에서 돌아온 아버지는
잠든 우리를 깨워 데리고
갑자기 기차를 탔다
이불 수저 냄비 하나가 이삿짐이었다
말하자면 야반도주였다

감자꽃이 희게 피어 환한 밤
눈앞에 일들을 알 수 없던 여덟 살이었다
벌벌 떠는 복실이를 끌고 가는
순자 아버지한테 달려들어 개 목줄을 잡은
손을 이빨로 물어뜯었다

지금 생각해도 궁금해지는
우리는
평창에서 태백까지
그 밤 기차를 잘 탔던 것일까

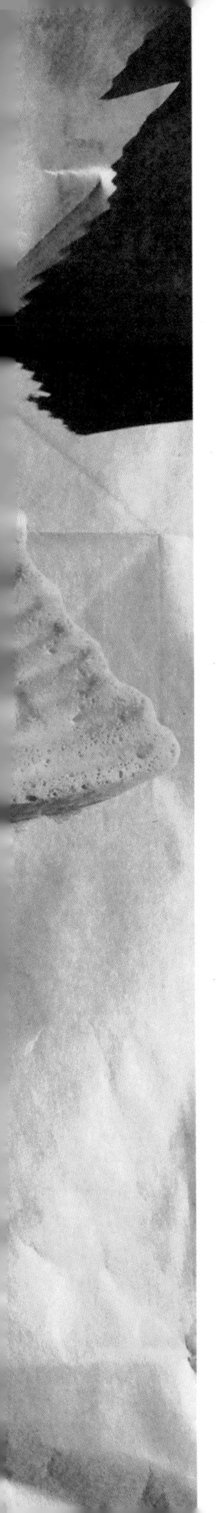

붕어들

매지구름이 지나간 자리에
햇살이 앉은 오후
그녀가 빵 틀을 닦고 있다
달구어진 곳에
나란히 눕기 시작하는 붕어들
불쪽으로 등을 바싹 붙여야 산다

위험은 천진하게 손을 내밀지만
타는 것과 설익는 것은
눈 깜짝할 사이
가능하면 좀 더 붕어에 가깝게
지느러미는 언제든 움직일 태세로
붉고 달착지근한 상상을 한 웅큼 집어
뱃속에 넣는다

감자를 피하는 법

엄마는 가끔 흙 묻은 감자로
내 등짝을 향해 던지곤 했다
그것은 엄마의 유일한 병기다

앞을 봐도 뒤를 봐도
온통 감자뿐인 밭

감자꽃은 희고
감자꽃은 무진장 피고

배고픈 내게 밥사발을 던지듯
감자를 던졌다
한두 번 맞아보면 안다
날아오는 감자를 어떻게 피해야 하는지
엄마의 감자를 피하는 데는
선수가 되었지만
내 삶의 감자는
번번이 내 급소를 때렸다

일 마치고 돌아와 늦은 저녁을 먹으며
감자 먹는 사람들을 떠올려본다

감자를 피하는 법에 대해
골똘히 생각에 잠긴다

어떤 장소에 대한

그곳은 은밀한 장소

그곳을
초원이라 불렀다가
사막이라 불렀다가
봉판 묘라고 불렀다가

흰 꽃들은
약속처럼 흩날렸다

광순이와 광덕이

광덕산 밑에
사는 노인이
눈망울 반짝이는 강아지 데려다 놓았다
그는 개를 데리고 왔을 뿐
그래서 주인이 되었다
광덕산 아래 살아서
순이와 덕이가 된 개

두 계절이 지나 간 여름
새끼 여섯 마리 낳았다
햇빛이 따갑게 내리 꽂히고
개 집을 그늘 삼아 바닥에 엎드려
헉헉대는 어미 개

비좁은 집 안에는 아직 눈도 못 뜬 새끼들이
엉켜서 잠을 잔다
겨우 응달로 개집을 옮겨 주었을 뿐
밥통에는 파리 몇 마리 붙었다

무릎을 낮춰 앉아서 본다

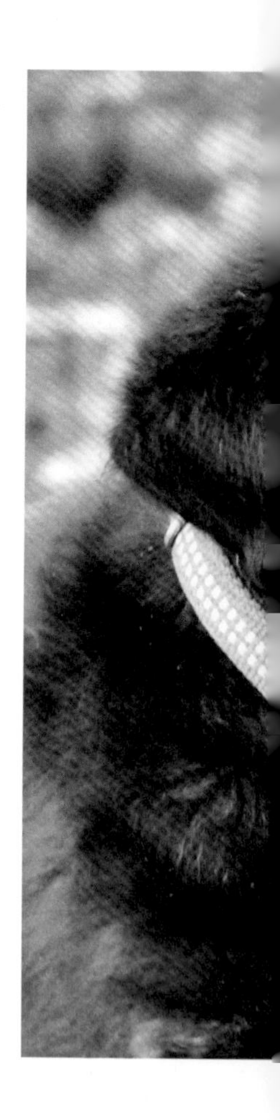

쫄닥구뎅이 1

쫄닥구뎅이로 간다
울 아버지 어제 마신 술 냄새를
앞세우며
쫄닥구뎅이로 간다

그곳은 샛길
한 철 걸어 오가는 사이
구절초가 환하게 핀다

쫄닥구뎅이 2

생지옥에서 겨우 목숨 붙들고 사는 쥐들
1000미터 땅 속에서
밥을 먹는 건 사람만이 아니라고 했다
아버지는 식은 도시락 밥을
갱 안에 쥐들과 나눠 먹었다고 했다

문득

첫 서리가 내리는 골짜기
그 아래 사택에 사는 우리 집
아버지 술에 취해 자주 비틀거렸다
엄마는 서울 막내이모 댁으로
일하러 가셨다
추전역에서 기차를 기다렸다
기차가 떠나고
돌아서는 발밑에 바보꽃이 하얗게 피었다
흔들어 대 듯 퍼지는
바보꽃들의 잔물결

어느 날의 식탁

눈감고도 하는 일을 망치기 일쑤예요
고기를 넣으려다 햄을 넣었어요
핑계 김에 눈물 쏙 빼는 청양고추도 넣어요
허겁지겁 했던 밥이 멀쩡할 때도 있어요
그래프로 기록해보면 정말 웃기겠죠

오늘 저녁은 두 배로 특별해요
두 배로 즐겁지 않으니까요
그래서 내친 김에 달걀찜을 덤으로 만들어요

사각 식탁에 앉은 우리는 말이 없어요
덤으로 만든 음식을 더 잘 드시는군요
불편함을 조금씩 나눠 먹는 저녁식사

그래요
나의 메인은 항상 밀리는군요

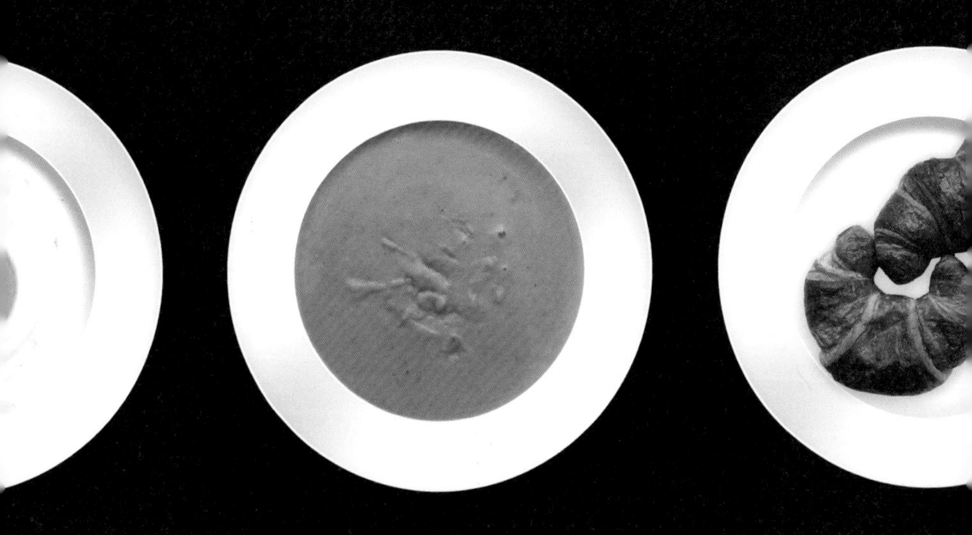

저녁에

엄마는 매봉산 밭에서
종일 배추 작업을 했다

새벽부터 배추밭에서 살아도
우리는 늘 배가 고팠다

일찍 겉잎을 떼어버린 나는
섣불리 옹골찬 다짐만 움켜쥐며
도시로 갔다

친구와 자취방에서 반찬 없는 저녁을 먹었다
배추는 묶어줘야 속이 꽉 찬다고
안 묶은 배추는 헛바람만 들어
잎만 넓어질 뿐이라고
거친 손으로 이마를 쓸던 납작한
엄마를 생각했다

트럭

비상등 켠 채로 트럭이 간다
뒤에서 바라보는 앞 차의 꽁무니는 붕붕거린다
페달을 빠르게 밟아 추월하며 곁을 지나간다
귀 밑머리 희끗한 그는 필사적으로 운전대를 붙들고 있다
겨를도 없이 달려왔을 그의 시간이
반백의 머리 위에 얹혀 있다
몇 번의 심호흡으로 여전히 달리고 있는 트럭은
짐의 무게에 눌려 두문동재 내리막길을 더디게 간다

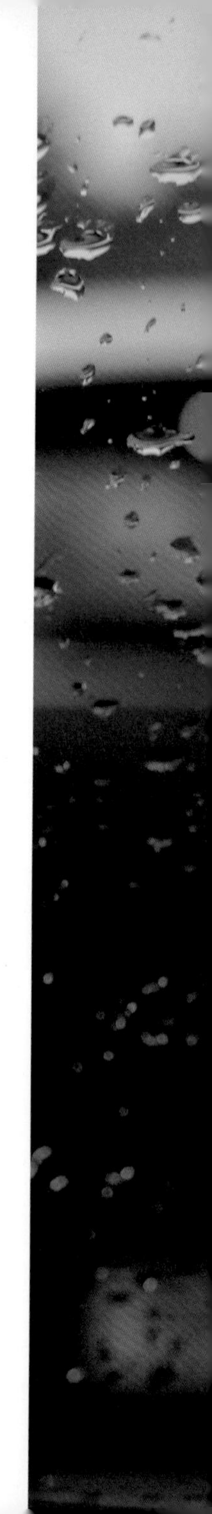

떡밥

찌는 불면의 밤처럼 끄덕 않는다
입질 없는 낚싯대를 걸어 놓고
나의 침묵은 깊이 가라앉는다
옆 사람이 랜딩을 외친다
끌려 올라온 물고기들의 가쁜 움직임
앞 뒤 없이 덥석 물었을 밑 밥
밑밥은 단내를 품고 있어서
덥석 물었다가

쓰디쓴 밥을 먹었던 적이 있다

메주

바닥으로 가라앉는다
소금물 밑에서 떠오르다 서서히 가라앉는다
바닥이야 누구든 선뜻 내키지 않겠지만
선택의 여지가 없을 때
가라앉는다

닿아본 발은 바닥을 안다
바닥에도 부력은 있지
바닥을 딛고 상승하는 것들도 있으니까
메주도 어느 아침 둥둥 떠올랐다
창백하게 항아리 출구를 향하기도 한다
볕드는 날도 있었지 바람도 간혹 드나들었지

막장은 어느 곳에도 있다
항아리 속에도 캄캄한 막장이 있다
그저 익어 가는 막장이 있을 뿐이다

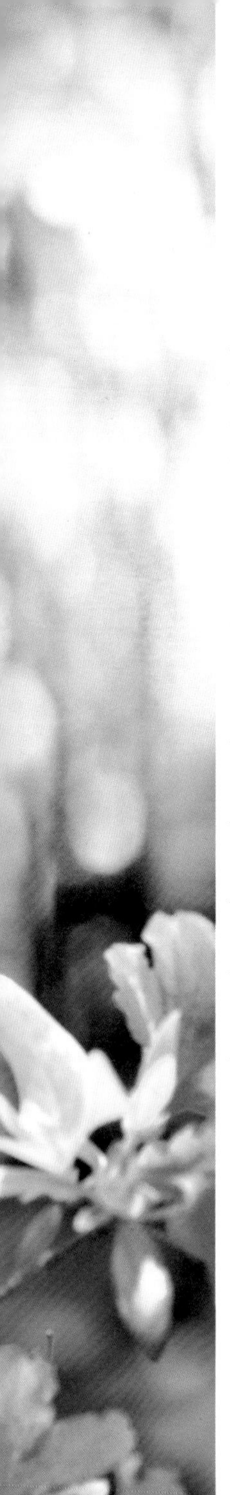

영산홍, 영산홍

떨어진다
자주 몸을 뒤척인다
불빛에 환부를 비춰보며
잠들지 못했던 밤이 있었다
꽃은 떨어져도 꽃이 듯
몸은 아파도 몸이다

시든 영산홍 멀리 가지 못하고
주변 바닥에 누워 있다
아픈 사람도 멀리 가지 못한다

몸 뉘인 곳에서 계절이 간다

수술 후 지쳐 잠든 꿈 속에서
때 아닌 홍수를 만나
흙탕물에 휩쓸려 갔다

밖은
철 이른 더위에
꽃 지는 봄이다

기일

냄새를 지닌 것들은 맵고 따가운 것일까
석탄에도 이런 냄새가 났을지도 몰라
젖어 드는 눈매 사이로 연기가 자욱하다
나보다 젊은 아버지가 보였다 사라진다

막걸리 돼지고기 수육으로 올린 상 아래
깊이 고개를 숙인다
희미하게 보이는 손바닥에
내 손을 포갠다

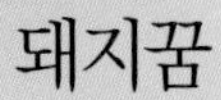

돼지꿈

계약이 성사될 듯 말 듯
골목 끝 5층 건물을 맴돌았다

그의 하루를 꿰고 있을 신발은
발자국 소리를 잠시 놓고
돼지꿈이라도 대신 꾸고 있는 것일까

널부러진 채 웃고 있다

장미

비바람에 꽃잎 떨어져 흘러간다
그 붉음이 문득 손을 잡는다
지나간 계절을 기억 못하듯
잊고 있던 사람이 다가온다
버릇처럼 왼손을 들었다가 내린다
엇나간 체온을 간절히 짚어보며 밝히던 날들
꽃잎은 앞만 보며 간다
내가 꽃을 보는 사이 그는 가시를 볼 수도 있었겠구나

차가운 꽃잎에 쓸쓸해진 손을 대본다

복사꽃

바람소리를 베고 누우면
생시인 듯 어머니가 꿈에 보였다
뒤척일 적마다 뇌신 냄새가 번졌다

봄은 절정인데 볕은 매웠다
문을 열면 머리에 수건을 동여매고
허옇게 누운 어머니가 있었다
문을 닫고
터질 듯한 목울대로 골목길을 배회하던
열다섯의 봄은 소진되었다

석탄 더미만 캄캄한 마을 어귀
망할 복사꽃이 꽃잎을 펼쳤다

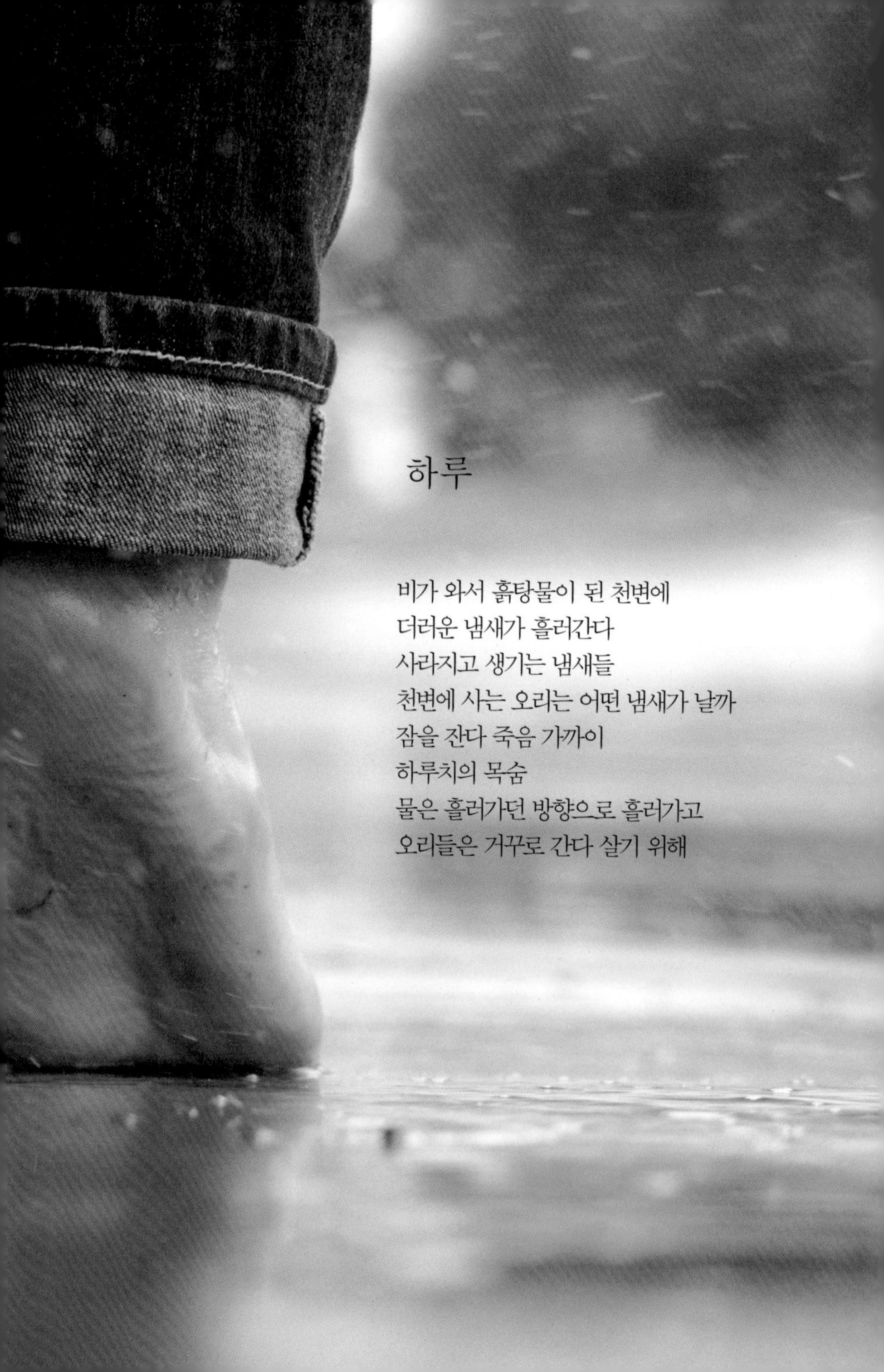

하루

비가 와서 흙탕물이 된 천변에
더러운 냄새가 흘러간다
사라지고 생기는 냄새들
천변에 사는 오리는 어떤 냄새가 날까
잠을 잔다 죽음 가까이
하루치의 목숨
물은 흘러가던 방향으로 흘러가고
오리들은 거꾸로 간다 살기 위해

아들과 딸

김밥은 옆구리가 터진 게 맛있을까요
안 터진 김밥이 맛있을까요
팔순의 엄마
그건 김밥 먹는 사람 입맛이여

이젠
서로 김밥 옆구리 터진 이야기는 하지 않는다
오래전 소풍날을
서로 잊은 척 할 뿐이다

살구

사택 입구 광업소 버스가 서자
까만 아버지가 내렸다
정류장 앞 막걸리 집으로 들어간다
묻어온 습기를
막걸리 잔에 풀어놓으셨을까
어두워져오는 뒷산 살구나무 아래서
나는 아버지가 안 보이는 곳
어디로든지 가고 싶었다

어깨위로 살구가 떨어진다
아버지의 뭉클한 냄새

애도

창문을 닫아도 보인다
달밤이 무서웠다
감은 눈 안으로도 들어오던 질긴 빛
작은 골목을 지나 마당까지
달빛이 날카로운 밤이었다
열일곱 살 오빠가 이불을 뒤집어쓰고
긴 잠을 자고 있다고 믿고 싶었다

어떤 달빛은 몸에 뿔이 돋아서
달려들었다

덤

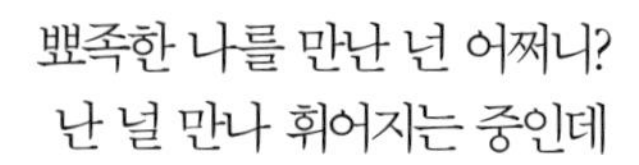

뾰족한 나를 만난 넌 어쩌니?
난 널 만나 휘어지는 중인데

닮아간다
오늘도

깐돌아, 돌아
오래 부르고 싶은 이름

우리 조금씩만 아프기
약속이야

다만,
마주 보는 눈빛 같이
살아내자구

*깐돌이 : 집에서 기르는 애완견

만근 이야기

우리 식구 모두 두레반상에 둘러 앉아
고기를 먹는다
문풍지 떨리는 단칸방 불빛이 한 참 밝다
이 달엔 만근을 했다고
오랜만에 아버지 얼굴이 불콰하다
막장 속 적막한 노동이 촘촘히 적힌 봉투를
아버지는 자꾸만 불빛에 비춰본다
어머니 외상값 갚으러 가는 길
검둥이도 꼬리를 흔들며 앞질러 간다
애경상회 할머니 찌푸린 눈썹이 반달로 떴다
거스름돈을 줄 때 쥐어 준 딸기 젤리가
입 안 가득 황홀해서
나는 검둥이와 한바탕 뜀박질을 했다
몇 군데 더 돌며 외상값을 갚고
잔돈을 쥐고 집 앞에서 서성이는 어머니
초겨울 회초리 바람이 치마폭을 휘감았다
아버지는 벽을 향해 구부리고 잠들어 있었다
등 뒤에서 그림자가 흘러나와
어둑하게 우리를 올려다본다
어머니는 그림자의 눈치를 보면서
몇 번인가 빈 봉투에 손을 넣었다

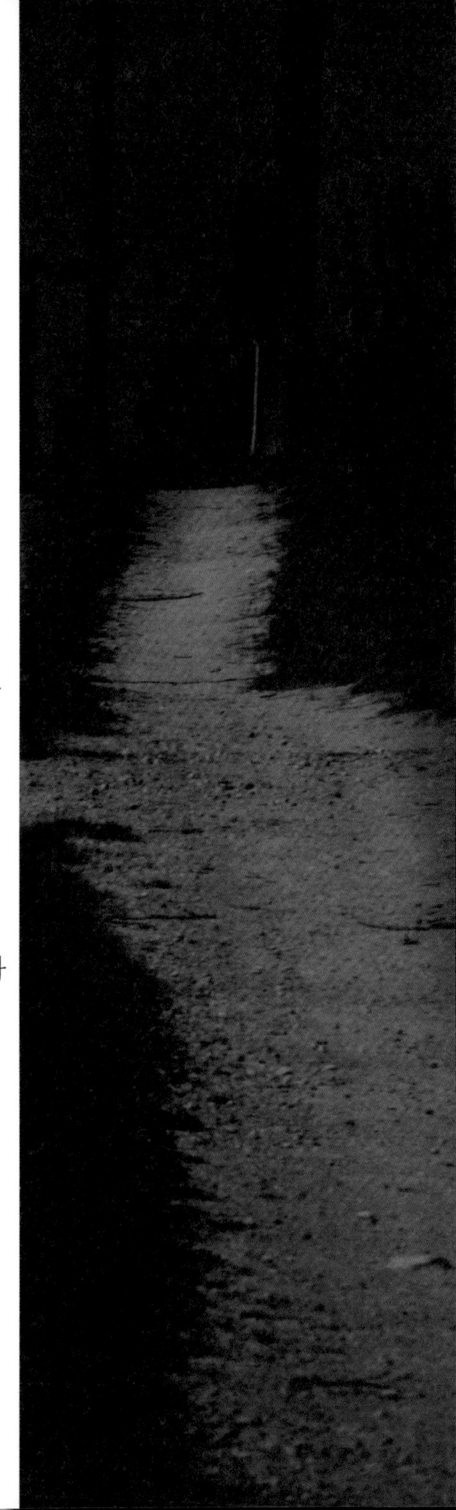

핑크 딸과의 카톡

루시쌤 며칠 전 나온 신상 텀블레에욤
안 그래도 저번에 부평인가 거서 텀블러 갖고 싶다 해서
하나 사줄라 했는데 생일이라 보내요
첫번째는 저랑 커플인디요 울 루시쌤은 집에서
아들 가르칠라면 커퓌스 먹기 편하게 손자비 있는 게
편하겠어용 디쟌은 루시쌤이 골라유
아직 많이 춥지만 텀블러 색처럼 곧 봄이 올거예요
봄에 새로운 출발하는 울 루시쌤 꼭 잘되기를
응원하구요 태어나줘서 고맙고 항상 고마워요
내가 사랑하는 최정인 오늘 라벨지
뽑아갈 테니까 텀블러에 붙여줘용♡♡♡

딸 : 오늘 정인 생일이라 선물과 짧은 톡 보낸거야
끝나고 쟤네 집에 애들이랑 생일파티 하러 가
피곤하다. 엉엉 토욜은 학원도 가야하고
일욜엔 시험도 봐야 하는데
엄마 : ㅋㅋ 뭐래 이제 24살인데 인생이 인생이 바빠.
바쁘다니
저거 네가 쓴거야

딸 : 응, 잘썼어?

엄마 : 엉, 굿.

딸 : 감사~ 엄마톤으로 아줌마 버전으로 해봤오.ㅎㅎ

여름

빈 그늘에
백구 졸다 잠든다

돌아누운 등허리
숨결이 단조롭다

닭벼슬 맨드라미가
담장 아래 쭈뼛 서서

긴 여름 나고 있다

겨울, 추전리

눈에 덮인
검은 이야기들

달력에 동그라미로 쳐진
갑, 을, 병방 3교대가
언뜻 보인다

갱 안에서
퍼 올린
우리들의 안락

유리그릇 같은 안락들

아버지
갑방 일 가신 날
집을 떠났다

가방을 챙겨주시는
어머니의 손길은
느렸다

괜찮다

어쿠맨 : 작사·작곡

가수 혜은이 : 노래

괜찮다 돌아 본 나의 삶이
나쁘지는 않았네
구름 낀 날 많았지만
햇살이 보듬어 줬지
괜찮다 내인생 가을이지만
낙엽들 벗 되주니 외롭지 않네
겨울이 온다해도
바람이 불어야 깊이를 알 수 있듯이
무성한 잎들이 져보니
내 모습이 보이는구나

괜찮다 괜찮아 누구나 떠나가는 걸
괜찮다 괜찮아 이제야 나를 찾았네
괜찮다 돌아 본 나의 삶이
나쁘지는 않았네

구름 낀 날 많았지만
햇살이 보듬어 줬지
괜찮다 내 인생 가을이지만
낙엽들 벗 되주니 외롭지 않네
겨울이 온다해도

바람이 불어야 깊이를 알 수 있듯이
무성한 잎들이 져보니
내 모습이 보이는구나

괜찮다 괜찮아 누구나 떠나가는 걸
괜찮다 괜찮아 이제야 나를 찾았네
괜찮다 괜찮아 누구나 떠나가는 걸
괜찮다 괜찮아 이제야 나를 찾았네

나의 최애 가수 에필로그

1977년
태백시 장성읍 계산동
쪽마루
그곳에 10살 소녀가 있다

건너편 장성광업소 정문 양쪽에
집채만 한 스피커에서
울려 퍼지던 노래

진짜 진짜 좋아해 너를 너를 좋아해
누가 너를 내게 보내주었나
나 너를 알고 그리움 알았네
낙엽 지는 소리 좋아하던 너

늘 혼자 놀던 나를 휘감던 목소리
인형 같아서 만져보고 싶었던 사람
그녀가 바로 가수 혜은이다

고무줄놀이도, 공기놀이도 못해
그들 무리에 서지 못했던 내게
친구가 되어 준 노래

45년이 지난 지금도 여전히
나의 최애 가수 혜은이

2021년 신곡
"괜찮다"를 응원합니다